句集

クレオパトラ記

福井有紀

Fukui Yuki

六花書林

成田山新勝寺にて

クレオパトラ記　＊　目次

装幀　真田幸治

クレオパトラ記

プロローグ

菖蒲湯やしみわたるまで浸りけり

初掃除トイレの神様崇めたり

新任地意欲もりもり梅が咲く
出勤のコート着せやり春来たる
もののけが夏の停電ひきおこす

蟬鳴くや遠くて近き敗戦日

手品師のやうに涼しきつりしのぶ

獅子舞や甚平渡しの松林

初飛びの二羽の鴉が神々し

春愁やかなしばりにて大地震

大桜借景となす我が家かな

気疲れし落ちつく先の炬燵かな

夢たかく孤高の人よ雉鳴けり

世の底に鯉のしづめり水澄みて

柚子風呂にほぐされてゆくたましひよ

雪解してすすぎし芹にうさ流す

夜長かなポニーテールにして清し

天の川救けなき舟老いの先

泣きたくて霜柱ふむまたも踏む

水澄むや不本意ながら車買ふ

眼鏡の似合へる齢となりて夏

恵方巻いのち求めてかみくだす

幾万の神それぞれの山眠る

ゴーギャンのタヒチの女泉湧く
寒々しメトロは嫌ひ鳥の来ず
向日葵や過不足なりて今を生く

敬老の母の味せりとろろ汁

夫はいま胃癌病みをり冬椿

冬日浴び安楽椅子に三尺寝

黒南風やこころ残りに退職す

夫とゐて映画三昧あの冬は

葉ざくらや死ぬるときまで研究者

春雨や仏顔してみまかりぬ

白馬

牧場にたてがみなでて過ごす夏
たづな取る白馬の夏のうつくしき

夏まさに汀を馬と走りけり

炎天のぎらぎらの日に馬まぎれ

野火

盆踊り目抜き通りにあふれけり

わたあめのやうな蜘蛛の巣かかりけり

豪農のさいごの稲をみのらせて
群れなすは天使のしわざイトトンボ
浮輪もて羊水のなか居るごとく

あさぼらけ柚子湯に入りて浸みわたる
マーラーの未完を耳に年惜しむ
去年今年われの心に秘むる野火

探梅や放浪のわれどこゆかん

そこだけが風雲児のごと枯葉まふ

春めきし自意識のため髪を切る

タラの芽の天の恵みのほろ苦さ

春潮にわれもゐぐられ東尋坊

梅咲きて茶屋街めぐる人となり

とりどりの気球よあがれ山開き

サーフィンの白波よせて抱かれぬ

梅雨入りの首はかそけく首を病む

ひひらぎの刈りこみ終へし誰まねかん

うつくしきアクアリウムの金魚かな

うつすらと霧たちこめて化粧映え

金魚棲む玻璃戸の部屋に夜長かな

冬の日々クレオパトラと呪文かく

どんぐりを踏みつつおのが道おもふ

ほほゑみ

真心の時間は流るる早春賦

かがやきてユネスコの人新走り

今日あるは昨日にあらずかいつぶり
春の日にオウム五羽のせ自転車が
早春の亡夫のまほらにオーロラを

是が非でも学友とゆく初歌舞伎

過不足なく口笛吹きて建国祭

さりげなく嚙めばはづめるふき土佐煮

チバニアン誇りのやうにアゲハ飛ぶ

大男首に巻きつけヘビ使ひ

夏日より治験に努むる人のゐて

風流人われは近づく独活かかへ

ホームでの夏鳩みかね何できず

夏月やごろんと寝そべり孤高の目

夏髪を手にたぐり寄す年女

活気ありくせ毛なほして夏鏡

ナイーブに独りが気楽さくら咲き

サングラス似合ひて美しき夕暮れや

安居して独占したき花火かな

暑気払ひサンバのリズムに呼応せり

夏のシャツ脱ぐとき野性うたがはず

一夜なる夏の眠りに狂気めく

納涼や友にロボット勧められ

義姉こそを夏にやしなひ半世紀
スピカ星見守り夏の語りやう
モナリザのほほゑみ習ふ一夏かな

聖なる美徳

古墳群うぐひす鳴きて離れがたし
薔薇にほふ香水つけて路地をゆく

多芸なるイルカと遊ぶ夏の波
晴れわたり聖なる美徳ころもがへ
夏がきてどれほど犬に救はれしか

暑かれど夢みるままに眠りたり
生まれつき色白なれば日傘さす

夜想曲

雪景にララバイ想ふ古希祝ひ

オリオン座たどる天上に春の意志

誠実な春なるあかし眉ゑがく

姪の子は獣医師になる新年度

眼鏡のグラスアートの春ケース

トランペット楽章ならひ桜どき
快感の埴輪よ春の残照に
春風にあつけにとられ帽子飛ぶ

ポップスの歯切れの良さが春気分

あかねいろ空に向かひてシャボン玉

筑波山のぞみて愛しおぼろ月

もてなしの夏の五輪が延期せり

重厚な謡に生きし亡夫の春

バス停に影踏みすなり春かくも

今にして初詣でゆくエンパシー
つきまとふ逃げ水みれば恐ろしき
さくら咲き人をさけゐて夜想曲

葉ざくらにアウター重ね氷雨降る
カテゴリー長電話せり学友と
たびたびの無言電話よこひのぼり

薫風に醒めるラジオのサウンドが
出会ふべく出会ひし人や晶子の忌
モノレール怪物のごと夏地上

氷柱にいのち吹きこむ成田山

うすれゆく形代流す決意かな

天高し静かな曲にひたりたし

バスの旅迎賓館も夏の夢

草笛や霊性感じ夏野ゆく

薫風の園庭はぐれプードルが

心底のクレオパトラが夏の枷
首ながきモジリアーニよ夏の精
蟻地獄無言電話が収まりぬ

生身魂歌舞伎を友と学ぶかな
清和にて水音たえぬ美容室
つばらかな歌舞伎の夏も閉ざされて

踊り子のごと籐椅子に坐るとき
不意うちに君と逢ふなり向日葵や
運ひらく天女が下りて来たるごと

バイク乗り僧はうすものひるがへす
夏のわれ日時計のわき急ぎ過ぐ
敬老やかぼすの香りの良き湯なり

クレオパトラ

めぐり逢ひ七〇年代なつ奇蹟
見えぬもの不気味なまでに春怖し

うつくしき鶯もとめまめな人

緑蔭にしのび仙人かと思ふ

五月雨や純心にうるむ瞳たり

キーボード弾けばうれしく夏の唄
薔薇の花自負しんしんと花の精
人命の五月いそしみおほいぬ座

占ひの運気にまかせ蚊柱や
レガートの空想をよぶ蜃気楼
蓮ひらく愛の言霊うけとめて

神やどる夏風にふれ曼荼羅図
床の間に扇かざりて霊おびく
夏になり歌舞伎役者の勇みよさ

竜田姫いまだ互ひにはにかみし
カエサルは秋の化身となり得るか
月映しクレオパトラの語りぐさ

突然に花火あがりて胸焦がす
夏風やピエロマスクに目が点に
沈黙の霧にまかれてあたたかし

夏の日にからくり時計歌舞伎して
総身をほっこりと夏露天風呂
夕月がこころ満たして素直かな

秋めきて視線かさなる垣根ごし
恋をして見ればときめく星座図の
彦星や瀬音かなひて漕ぎ出せよ

織姫の雨ニモ負ケズ迎へ待つ

天の川めざしてすすめ笹舟よ

乙女座をたどる天空釘づけに

水族館無邪気にわらふ海月かな

デジタル化われはとまどふ秋淑女

フィヨルドをまのあたりにし秋思せり

ユートピア鶴舞ひこぬか夜寒にて

秋に逢ふ雨傘さして棒立ちに

予言めきせむかたもなく芝を刈る

秋風の人智かずかず恩知るや

庇はれし茶つみのやうな主治医師や

過ぎし夏まばらに花火うちあげて

水音のとぎすまされて噴井かな

埴輪祭のぞむ古墳に枯薄

靴底に枯葉はりつく純心寺

ふりむけばいつも居し君かまどねこ

秋の海ポケットに入る歌謡曲

誠実にレターしたため月明り

霧わきて浪漫主義の蜜の味
銀杏の葉ひとひらふたひら足元に
山粧ふ煌々と照る朝日かな

カエサル

機織やつむぎあふもの秋愛し

淋しいよ淋しいよけふ冬至粥

老いきるなパンジー植ゑて春隣

カエサルや春のわが身に来たりけり

蟬しぐれ読経のごとくわが宇宙

曼殊沙華恋の記憶に火を点す

飛蚊症やるせなきままオリンピック

梅雨どきの白・青合流ナイル川

逢ひたくて向日葵畑分け入るや

パンジーや愛はすなはち共依存

初詣で玉垣にあるわが名かな

逢ひたいよ声のかぎりに叫ぶ春
雛ながし川の瀬音に目覚めたり
交差点春一番が背押す

探梅やばうと立つ頰つねられて
今なればすべてを許すかの子の忌
もどかしく黄砂けぶりて春隣

朝シャンに春の光射し萌ゆる髪

いぬふぐり摘みたるやうな慕情かな

恋しくてつまびくギター夕端居

ほてりたるてのひらに雪すくひたり

平和なれ月に願ひをたくすかな

とりもどす稲穂の実りのごときもの

息しろしつり鐘重く鳴りてをり
オーロラを暮れに見しゆゑ身がうづく
淋しかる一人暮らしよまして冬

デイ・ハウスあゆみ

十月の薔薇見にゆく家族たち
めいめいに共生すれば仲間入り

われもまた長寿めざして竜の玉

木枯しに七並べとふトランプす

ささめ雪先人たてて充実す

ちぎり絵の色紙を贈る百合の花

しづかなるポリシーありて木の葉髪

週一に送迎車きて冬となる

仲間らは彩々と見るもみぢ狩り
ちらしにてゴミ箱つくる冬作業
冬の日の遺産のやうに運動す

おもしろきまちがひ探し冬深し

有智もてさして遊べや冬囲碁に

目の覚める折り紙に折るサンタさん

ホッカイロ背につけて「あゆみ」かな
寒風に血色のよき調理師や
ゆきとどき家庭料理のうまき冬

ＣＤにとりこみて萌ゆ冬海や
多芸なる亡父の子にして冬わかく
山茶花やなんと編みもの好評で

余生

除夜の鐘しんしん冷えてひびくなり

ささめ雪生きる気力を持ちゐたり

日射し浴び余生大切ふとん干す

きさらぎの伽羅人形神秘なり

いくたりの着物縫ひしか針供養

子のなくて老いたることも早春よ

名残り雪無言電話に愛さるる

余生いまうどの歯ざはりすがすがし

老い肌の春めくいまが浄土かな

一斉に奥の奥までさくらかな

苺狩り風情おもしろ連帯の

ヒヒラギの刈りこみをへて君を待つ

恋ごころ薔薇庭園に元気づく

雲の峰ただ天性のイヌ派にて

七回忌すぎて味はふしじみ汁

孤独感打ち水をしてなんのその

道草や道なき道を歩む夏

取らむとし足腰たたずからすうり
愛情はさゆらぎもなしさるすべり
木枯しやたてつづけにて傘こはし

コロナ禍の天の恵みよブダウ狩り

白猿のさむき人力車参道ゆく

襲名の冷えこむ列に加はりぬ

劣等感コスモス畑に置いて来ぬ

もう二度と野分のやうに離さない

菊花展われ先にゆく人波よ

椿咲くひとりの友を許さざる

鏡餅つくりて越えし星の闇

北風に笑みをうかべる君の影

東風吹きて生くるものみな呼びおこす
神わざの天変地異に椿咲く
君が住む町にひっそり椿かな

老いたりてボジョレー・ヌーヴォー飽きしかな

「母の日」よわれひとすぢに悟るまで

春の松伸びすぎて別荘すてぬ

干潟地やそそぎたるもの愛ひとつ

梅林

みをさめの御朱印帳よ梅が咲く
神の世の梅林やさしく日ごと咲く

梅林に君ささやくはそらみみか

梅の花ストールかけて長居かな

梅林や抹茶の時間しみとほる

絆ある二人となりて梅世界
梅咲きて君なにしてる今の今
梅の花つと笑ひ合ひ夕まぐれ

梅林やこころ細さに君が欲し
新勝寺梅林まさにかぐはしや
梅林やわが玉垣に安堵せり

梅林をこころおきなく見て帰る

鬱金香

チューリップ球根のゆゑたのしかる

チューリップ意志もつままに育つかな

チューリップつぶやくやうに良く育つ

チューリップ君の好きなる花ひらく

チューリップすんなり伸びてここちよし

チューリップ水そそぎゐて親しめり

春風にチューリップ揺れ寄りそへり

チューリップ風車がにあふ佐倉かな

余裕なくチューリップただこぼれ落つ
チューリップ感動ありてうれしかな

雪

雪ふかき東北の地に君生まる
深雪に遊ぶ思ひ出いかならん

かんじきをあいにく知らずポストまで
恋ありてささめ雪つと肩かかる
風花のてのひらに溶けさやかなり

逢ひたさに手が冷ゆるまで雪の中
まぼろしは雪まみれにてかがやけり
語らひてふぶける夜半の雪をんな

切なさにあへて路上の雪踏めり
雪原に隠せずなりき老身を
雪の日に抱かれたなら温からん

雪のなか母性ゆたかに尽すのみ
吾の胸に眠りなさいな雪降れば
安らかに雪のもなかに死にたいわ

さくら

なんとなく桜前線世に待てり
わが命いつまでのもの花見かな

二分咲きのさくらしづかな霧の中
宗吾なるしだれざくらよ瞳がうるむ
美しきゆゑに傷つくさくらかな

花ふぶき君を想ひてうたれ舞ふ
浮雲にただいさぎよき花ふぶき
かすみゆく命日ありてさくらかな

さくら木よ独りの時間茶をたてる

さつき

淋しめる君をしのびてさつき咲く
傷つけしさつきあり君うたがひぬ

一面のさつき浄めてさみだれや
みつしりと咲けるさつきに事かくす
こんな日は天までとどけさつき宴

エピローグ

それとなく春ひとすぢを指示されぬ
手入れしてわが家の薔薇さやかかな

身近にてマウスピースの春のどか
誕生日祝ふ背に黄砂降る
ほんのりとさくら湯ひらく四月かな

春みやび折り紙の独楽よく回る

春になり行かなくなりし「あゆみ」はや

新緑の太鼓祭と出くはしぬ

春日和気のりがしない入れ歯かな

鯉のぼりひがないちにち整列す

理屈よりギャグが好きかな五月晴れ

バス停の夏めくたたずみロマンスや
夏めきて塗り絵するわれ底知れず
自我かばひヘリコプターに初夏追へり

慈雨の初夏信号待ちに君のもと
こころより大切な人メロン食む
心身はフカヒレスープ初夏に欲し

希望とふ朝顔市はけふひらく

向日葵や男のなかのをとこゆゑ

返歌あり向日葵畑君とゆく

お盆かな黒のこころはここちよし

夏の日に尊厳死宣言せし河野愛子

向日葵や黒のこころにかしこまる

あとがき

六十歳の手習いで始めた俳句です。

無益の魅力といいますが、夢園の時空間を作ってくれます。

三十五歳から短歌を勉強していた私ですが、なかなか魅力ある俳句を作ることができず、才能のない私とあきらめていたところ、いつのまにか句集を出版するまでになりました。

大谷弘至主宰と長谷川櫂前主宰のおかげです。そして、俳句にかかわってきた仲間に感謝申し上げます。どうもありがとうございます。

これが私の渾身の第一句集です。

令和五年七月

福井有紀

略歴

福井有紀（ふくいゆき）

昭和24年４月19日、千葉県生まれ。
昭和59年10月、短歌を始める。
平成５年６月、第一歌集『泉水記』刊行。
平成12年１月、第二歌集『カウチポテト』刊行。
平成21年３月、第三歌集『団塊の世代』刊行。
平成21年８月、俳句を始める。
平成22年９月、古志社入会。
平成28年９月、第四歌集『同時代』刊行。
現在、「古志」同人。

住所
〒286－0015
千葉県成田市中台２－27－１

クレオパトラ記

令和5年9月18日　初版発行

著　者――福井有紀

発行者――宇田川寛之

発行所――六花書林
〒170-0005
東京都豊島区南大塚3－24－10　マリノホームズ1A
電話 03-5949-6307
FAX 03-6912-7595

発売――開発社
〒103-0023
東京都中央区日本橋本町1－4－9　フォーラム日本橋8階
電話 03-5205-0211
FAX 03-5205-2516

印刷――相良整版印刷

製本――仲佐製本

定価はカバーに表示してあります
ISBN978-4-910181-55-4 C0092